발이
빚는 바람

홍도화 시집

도서출판 도해

서문

발 그 너머에
씨앗을 뿌렸다
잘 뿌려야 하는 규정은 없었다
꽃은 이름을 알리겠다고
질서를 깨거나
고개를 치켜들지 않았다
하늘과 땅이 정해주는 그 시기를
묵히고 있었다

다양한 색을 품고
꽃 피울 자리를 넓혀가며
발에 변화를 만드느라 뛰었다
발이 부르트기도 했다
달이 뜬 밤을 가로지르느라
피곤한 등을 잊기도 했다

머리에서 소나무가 자라나고
멋의 완성을 요구하는 미용 작품이
꽃으로 피어나고 있다
손끝에서

세번째 시집「 발이 빚는 바람 」을 펴내면서
2024년 가을 홍도화

차 례

○ 제 1 부

발, 그 너머

....

○ 제 2 부

색경, 거기에

제 1 부

발, 그 너머

발, 그 너머 1
– 길

발길을 가르쳐 준 사람은 없다

어깨너머로 본 동작을
밤마다 반복하며
기억의 창고에 저장을 했다

가위 사용하는 법을
자세하게 배우지 못해
베이기도 하고
잘리기도 했다

돌아갈까 다시
제자리로 돌아갈까 망설이다
맞이하는 아침이면 생각을 했다

뒤에 따라오는 이가 볼 수 있도록
그래, 길을 만들자

길을 낸다

발, 그 너머 2
– 남겨지는 것

잘려 나가는 것은 아픔이 있다

발髮은 잘려 나가도
왜 아프지 않은 걸까

잘려 나가는 것은 남아있는 것을 염려할 수 없고
남겨진 것도 잘려 나간 것을 염려하지 않기 때문일
까

따지고 보면 남겨진 것의 염려가
어찌 잘려 나가는 것과 같을까

싹둑 잘려 바닥에 널브러진 발髮은
버려졌다는 것을 알고는 있을까

검은 발髮은 죽어있고
하얀 발髮은 살아있는 듯

생각 없이 잘라낸 단어들이
색경을 어지럽히고 있다

목이 긴 빗자루로 조각난 아픔을 쓸어 담는다

발, 그 너머 3
– 나침판

어릴 때 나는 이모와 살았다
냄새가 많이 나는 약과
잘려 나가는 발髮들이 뒹구는 바닥이었다

냄새나는 약을 발髮에 발라
비닐에 감싸서 둘둘 말아두었다가 풀면
일자로 곧았던 발이
구불구불 탄력 있게 변했다

푹 젖었다 말라도
다시 제자리로 돌아갔다

발髮이 짧은데
그 끝을 살짝 다듬으면
더 풍성해지는 것이 신기했다

구불구불해진 발髮의 웨이브에 마음을 빼앗겨
내 인생의 전부가 되었다

발 그 너머 4
– 기질

그랬다
보고 자란 것과
가지고 있는 기질이
마음 깊은 안쪽에서 자라고 있었다

고정되지 않는 미용 창작물
그 모습은 가을 단풍을 담고 있는
물속 같았다

물속에 풀어 놓은 단풍의 모습은
꽃의 허리선처럼 부드러웠고
허리 한 끝선이 마음을 흔들었다

그것이 내게로 들어왔다

철철이 꽃을 피웠다

발, 그 너머 5
– 뜻

*
달빛을 친구 삼고
새벽 별빛을 등대 삼았다
읽던 글들이 머릿속으로 걸어 들어갈 때까지
가위 날이 닳아 얇아질 때까지
발髮이 날려 예술로 승화되기를
손 모아 기도했다
*
감았다 풀었다
또 반복하다 보니 날이 밝았다
쌓아 올린 열정이 복리로 늘어나던 날
색경 앞에 서서 옷매무새를 고친다
*
도전하는 일이 처음도 아니고
짐을 싸는 일도 처음이 아닌데
손이 떨리고
발이 떨리고
떨리는 것들을 모아 가방에 담는다

*

째깍째깍 초시계는 돌고
목적지를 향해 나아가는 발
횡하게 뚫린 터널을 통과하느라
울부짖는 몸부림
최고봉에 깃발 세우는 일이다

발, 그 너머 6
– 그때 그 이야기

발髮을 곱게 감아 고정시킨 집게 안에
불 숯을 담는다

온도가 적당해야 형성되는 불 파마
숯에 불이 꺼지지 않아야하는 열정
움직이면 안 되고 가만히 앉아 있어야
파동이 곱게 이어간다고 공을 들였던

어디서 틀어졌는지
무엇이 잘못된 것인지
관계가 얽혀 한 덩어리가 타버리면
뭉떵 떨어져 나간 그 공간
무엇으로도 끌어다 채울 수 없는

그 시절
불 파마 열기
세월이 변해도 식지 않고
뜨겁게 이어가고 있다

발, 그 너머 7
– 미용장

내가 그 길을 가기 전까지는
아무도 그 길이 있다는 것을 알지 못했다

올라가는 줄이 흔들려서 떨어지고
다시 올라가다 흔들려 또 떨어졌다
떨어진 자리는 태풍이 지나간 듯 어수선했지만
뿌리를 내리고 싹을 틔우고
꽃을 피우고 열매를 맺기 위해
또 씨를 뿌렸다

 그 이름을 새기기 위해서였다

미용장, 그 이름이 붙여졌을 때
손뼉을 치며 함성을 지르던 너도
그 길을 따라와

너는 나에게
나는 너에게
그 이름을 부른다

미용장 몇 기 이신가요

발, 그 너머 8
– 세우고 싶은 것

시작은 그랬다

정상에 깃발을 꽂는 일이 너무 어려워서
다른 길로 가버리면 어쩌나 하는
걱정에서 시작되었다

우후죽순처럼 생겨난 불규칙한 용어들을
통일되게 만드는 일이
예술의 시작이라고 여겼다

머리에서 소나무가 자라고
온갖 꽃들 피어나
향기를 알아차린 벌들이 모여
열매를 맺을 때까지

예술이라 번역하여도 조금도
어색하지 않을 때까지
세우고 싶은 것
미용예술, 그것이었다

발, 그 너머 9
– 안달

발髮은 날마다
서로의 길이를 재며 자라나고
날은 날마다 다른 색깔로 다가온다

감고 말리고
자르고 세우는 디자인
기법도 다양하다

조급하게 이루어지기를 바라고
풋감 나무 아래에서
홍시가 떨어지기를 기다리기도 했다

청 매실 담아 익히는 항아리 앞에서
손가락으로 찍어가며 맛을 보기도 했다

빠르게 변해가는 스타일의 형태
규정을 지키고 순서도 지키는
그것을 붙고 있다

발, 그 너머 10
– 깔

가시 달린 말에도 틈은 있고
꽉 찬 듯 보이는 마음에도 간격은 있다

변화를 받아들이는 마음
그건, 새로운 창조적 출발이다

뜨거운 불을 끌어안고
녹기 직전까지 검은색을 토해내고
진정되면 남는 흐릿한 잿빛

아픔은 참아야 얻게 되는
화려한 변화의 시작이다

화려함에는 목적이 있다
계절이 나뭇잎 색을 바꾸듯
발髮의 색을 덜어내고
다시 채우고 싶은 것이다

발, 그 너머 11
- 변화의 원리

퍼머 약을 바르고 둥근 롤에 감아올리면
발髮은 발髮끼리 손을 잡고 사교춤을 춘다

오래 잡고 있지 말고
돌고 돌리는 새 친구를 만나야
변화가 시작된다

국수 가닥 같은 면발이
라면 가닥 면발처럼 변하게 되는 것이다

한 가닥 두 가닥
가늘고 힘없는 발髮에 웨이브가 생기면
배로 늘어난 듯 풍성해진다

발髮과 발髮이 힘을 합하면
오래오래 유지되는 친구 사이처럼
마차도 끌 수 있는 힘이 모아진다

사람과 사람 사이도 그렇다

발, 그 너머 12
– 셈

크게 크게
둥글게 둥글게
틀어 올린 트레머리 아래로
감추어있던 하얀 목
가냘프게 드러난다

왕관은 클수록 보기 좋다며
쌀 한 가마 팔아서 샀다는
떠구지를 머리 위에 올려놓고
덜덜 떠는 떨잠을 발髮에 꽂는다

큰머리에 사용하는 머리칼
비싸다는 소문이 있다
무거운 것을 벗어 놓으려면
시간이 얼마나 걸려야 할까

발, 그 너머 13
– 벚꽃길

자유롭다

갇혀있던 곳에서 풀려나온
벚꽃잎
허공을 핑크빛으로 채우고 있다

바람 성화 눈발처럼 짓궂고
꽃잎 땅에 흩뿌려 놓아
밟히기도 하지만

발足은 앞으로 나아가고
발髮은 하늘을 향해 휘날리며
자유롭게 날 수 있는 기쁨을 누리고 있다

설한풍과 맞서던 겨울
벌벌 떨어야 하던 그때
그 겨울 앞에서 겸손했다

손 가닥 마디마디에서 꽃 피는
웃음소리 들린다

발, 그 너머 14
– 연결

배는 화려하게 장식된 대교를 향해 달리고
대교는 노동의 공적을
단단하게 연결하고 있다

사람과 사람의 소통을 연결하는 일은
발足 과 발足 사이로 펼쳐지고
뱃전을 후려치는 파도의 성화는
현재와 미래를 물고 있다

세우고 밀고 엮어가는 시간
다 가진 듯 풍성해진
발足과 발足의 공적
너와 나를 연결하고 있다

발, 그 너머 15
- 그지없다

철근과 콘크리트로 몸과 몸을 연결하고
비바람 홍수에도 손 놓지 말자며
다릿발에 너와 나를 연결했다

물 위와 땅 위를 항해하는
바쁜 걸음에 어둠이 내리면
네가 무서워하지는 않을까
길을 잃지는 않을까
발足과 발足을 연결한 곳에
화려한 조명 밝힌다

가끔은 건조해진 눈을 비비듯
불빛 끔벅일 때도 있지만
이야기꽃 피우는 소리
사람 냄새 진동한다

발, 그 너머 16
– 손길

등대도 고단할 때는 졸고요
달그림자도 길모퉁이
돌아가야 할 때는
그림자를 쪼개지요

임자를 기다리는 압력밥솥 추는
쌀알을 지키느라 눈물을 흘리고요

손길을 기다리느라
줄이 길어지는 날은
밥에 물을 부어 술처럼 넘기기도 하지요

고집하며 가던 길도 때로는 아프기도 하지만
견딜 수 있는 이유 그건
대견하다고 수고했다고
등을 도닥여 주는 손길 때문입니다

발, 그 너머 17
– 왕래

거미줄을 걷어내야
식물이 편하게 숨을 쉰다며
밀을 앞세우는 사람과

말없이 거미줄을 걷으며
아침을 열어가는 사람

이런 사람 저런 사람
어우렁더우렁

흐르는 물에도 이끼가 생기듯
바쁘다고 걸음이 꺼끔해지면
발에 먼지 쌓이고
늘어놓은 거미줄에 얼굴 가려져
주름이 관리되지 않아요

발, 그 너머 18
– 한 번 더

발이 흔들리는 날
빗물이 고인 땅을 아무렇게나 밟으며
길을 나선다

약국 앞을 지나가고 옷 가게를 지나가고
핫도그 가게 앞에 서서
네가 즐기던 치즈 핫도그를 주문하고
튀김옷 익는 시간에 사랑을 새기던 일이
즐겁기만 했던 길

그날의 약속을 어긴 건 아닌데
왜 홀로 서서
흔들리는 발을 추슬러야 하는 건지

새로 쓰는 소설도 아닌데
금색 머리칼에 가려진 장벽이 너무 높아
붙잡아 보지도 못하고 놓아버린 손
한 번 더 안아볼걸
한 번 더

발 그 너머 19
– 향

약 냄새가 난다

때로는 심하다

나는 그 냄새가 좋다

한 가닥 두 가닥 변화되는 발髮

그 모양이 좋다

그 길을 가고 있다

그 길을 안내하고 있다

.

발, 그 너머 20
– 잇다

게걸음하는 너를 붙잡아 놓고
똑바로 걷는
너를 만나기 위해
감고 풀고 꽂아보는 핀 장식
드라이 바람이 뜨겁다

너무 세게 쐬면 갈라지고
골고루 힘을 안배하지 못하면 세우지 못한다

완성도 못 하고 갈라지고 찢어지면
상처가 되고 자국이 깊이 생긴다

양쪽 균형이 꼭 들어맞아야 한다는
고정 관념은 이미 깨버렸다

가꾸게 할 수 있는
적절한 힘을 찾아주느라

머릿속이 쥐가 난다

발, 그 너머 21
- 도전

찬물에 머리 감고 말리는 새벽
물 한 대접 들이켜고
둥근달에 손을 비비다
초승달이 될 때까지

발髮을 씻고
발足을 세우는 시간 가끔씩
시작점 그때 그 자리를
한걸음 물러서서 생각해 본다

웃는다

발, 그 너머 22
– 선배의 자리

오르막길을 올라갈 때
아지랑이 피어오르듯 눈앞이 가물거렸다

내리막길을 가야 할 때
후덜덜 다리 사이로 길이 미끄러져 내리기도 했다

간격과 사이를 흐릿하게 섞어놓고 싶지 않았다

따뜻한 바람이 불어오기를 기다리며
분간하기 어려웠던 웨이브의 흐름에
부끄럽지 않으려 힘을 모았다

천 길 땅 밑에서 흐르는
물줄기를 찾기 위해 뿌리 내리고
꽃에게 물을 주려고 날마다 움직이고 있다

피어나는 꽃 몽우리 앞에
활짝 핀 꽃의 얼굴 보여주려면
얼마나 더 예뻐져야 할까

발, 그 너머 23
– 그 일이 좋다

잘 되자
잘 돼라
날마다 소원을 손가락에 새기고 있다
쌓아 올리고 싶은 것이
부와 명예 때문은 아니었다

혼이 담겨야 하는 예술의 길을
불러들이고 함께 걷고 싶었다

양팔의 길이가 달라지고
찔리고 베인 자국에
가끔씩 손끝 감각 무뎌지게 하지만

길을 안내해야 하는 자리
그건 꼭 부를 따라가기 위한
그것 때문만은 아니다

니사인하고 연구하는 일은
더 멋진 꽃으로 꾸미고 싶은 것이다

발, 그 너머 24
- 부채질

네가 잘할 수 있는 거
시대를 넘나들며 얼굴을 변장시킬 수 있는 것

네가 잘할 수 있는 거
발을 풍성하게 세워 줄 수 있는 것

네가 잘할 수 있는 거
피부 마음이 풀어질 때까지 다독다독 두드릴 수 있는 것

네가 잘할 수 있는 거
손톱에 물들이고 길이를 키울 수 있는 것

맵시를 가꾸는 일은 규범이 없다

누구를 꾸며주는 그것이 어렵다고
꿈이 잠들어 버릴까 봐
날마다 부채질하고 있다

발, 그 너머 25
- 기량

때 묻지 않은 우뇌의 기능을 활성화시키고
하얀 이를 드러내는 미소
네 볼은 익은 단감 같다

새로운 것을 보면 지나치지 않고
반복하며 따라 해보는 손짓에
어마어마한 기질이 담겨 있다

발髮을 나누고 묶고
당기고 밀며 반복하며
촘촘히 습득해 가는 모습

가끔씩 예상하지 못한 바람이
짓궂게 흔들어 어지럽혀도
다시 헝클어진 발髮을 붙들고
자르고 감고 칠하며
선을 이어가는 너

깊은 강 같은 너를 보면
그 안에 자라고 있는
물고기들이 보이는 듯하다

발, 그 너머 26
– 관계를 위하여

엉킨다

가끔씩 엉키고
구불구불 흐느적거리는 것이
뱀 같다

잡아 볼까
짐짓 한 번 더
손을 내밀어본다

감촉할 수 있고
잘라 낼 수 있다

하나하나 기억을 떠올리며
선과 선이
세워지도록
가끔은 거울 앞에서
내가 내 머리칼을 자른다

빨간색 물을 들인다

발, 그 너머 27
– 풀 냄새

흙냄새 이슬 냄새 맡으며
산책하는 강아지 한 마리
까만 단추 같은 눈을 깜박이며
*슬릭백 춤을 추듯 이동을 하는 발
빗살처럼 내리는 햇살 아래
발과 발이 빛난다

빨간 혓바닥을 내밀고
이어가는 춤 동작에 맞추어
목줄을 잡고 있는 손도 바쁘다

치마의 폭을 넓혀 응달을 만들어주고
발이 날리도록 부채질하는
손길에 풀냄새 묻어난다

---

*슬릭백 춤 : 공중부양 춤

발, 그 너머 28
– 꿈

빨간색
파란색
노란색
날마다 변하는 색깔들이
머릿속으로 들어온다

이색 저색 생각 없이 섞다 보면
검은색이 된다

검어지면 앞이 잘 보이지 않고
질척한 물감에 갇혀
의식도 검어지게 된다

날마다 따라오는 생각에 날개가 달렸다
때로는 향기가 쓰고
때로는 달다

눈을 크게 떠야 환하게 보이고
입꼬리를 올려야
피부가 처지지 않는다

발, 그 너머 29
- 너

찢어지고 갈라져도 발은
말을 하지 않는다

더도 덜도 아닌
날리는 것에 만족해한다

가늘고 부드러운 것이
굵은 듯 억센 듯 날린다

잘은 모르지만
그건 발만 그런 것이 아니다

마음만 얻는다면
흔들리고 날려도

넓게 높게 멋을 이끌 수 있는
네가 있어 좋다

발, 그 너머 30
– 진짜와 가짜

유원지에 나무들이 서있다

삶의 고통도 이별의 슬픔도 모른 채
어두워야 빛이 나는 나무와
살아있기에 아픔을 겪어야 하는 나무

길을 지키고 길을 밝히며
나란히 서 있다

이야기가 놀던 자리 걸음이 떠난 자리
보내고 맞아들여야 하는 아픔을 견디는 나무

물줄기 따라 뿌리를 내리는 건
살아있기 때문이다

표정도 모른 채 웃어야 피어나는 꽃은
칭찬만 기다리며 서있다

발, 그 너머 31
- 풋감

피가 나도록 빨던 젖꼭지를 물고
땅에 떨어져 내린 풋감

풋감이 홍시가 된다는 것을 알았더라면
참고 견딜 수 있었을까

내딛는 첫발에 풋내 고이고
두려움과 설레는 마음
얼굴빛 붉어온다

발, 그 너머 32

– 예열

경험은 기계처럼 돌아가고
식은 감정으로 쏟아낸 결과물은
자동차 바퀴처럼 굴러간다

기계와 사람 사이에는 규칙이 있고
사람과 사람 사이에는 정이 있다

눈이 있고 귀가 있고
변화하는 시간을 사는
사람에게는 맵시가 있다

그려볼까 세워볼까
예열 중이다

발, 그 너머 33
- 맞서다

발足이 엉키고
얼굴이 붉어지던 날
아픔이 어디서 묻어올지 몰라
바람이 어디서 불어올지 몰라
사방에 가림막을 쳐놓고
가랑잎나비처럼 보호색으로 변장하고
날마다 괜찮을 거라고
믿은 것이 착각이었다

발足이 갈라지던 날
단번에 넘어가지 말고
하루에 한 줄씩만 넘어가라는
일곱 경계선이 생겼다

가만히 있어도 머리가 지근지근
발이 욱신욱신 쑤신다

발, 그 너머 34
– 엉키다

발髮이 엉켜 빗이 내려가지 않는다

허락 없이 마실 수 있는 공기가 있고
따스한 햇살의 사랑이 있는데
몸에 몸이 겹친 듯한
몸속 창고를 뒤지러 간다

싫어도 해야 하고 가야 하는 것
누구나 같은 마음이긴 하지만
가기 싫은 곳을 자주 가야 하는
어두워진 걸음은 무겁다

엉킨 발髮이 풀릴 때까지
기계에 몸을 맡긴 신身의 눈
소원을 빌고 있다

발, 그 너머 35
– 꼰대

물에서 발짓하는 원앙도
가끔씩 다툴 때면 소리를 지르고
날개깃을 세운다

디자인의 형태를 나누는 대화도
가지고 있는 고정관념을 앞세우는 말과
자유분방한 생각으로 하는 말
그 간격의 차이가 멀다

그냥 하는 말도
나이로 말하고 있다고
쌓아 올리는 생각과 모양을
각각의 얼굴처럼 다르게 한다

까칠하게 구는 것을 참아야 하는 거
심중에 있는 말 꺼내지 못하는 거
가끔은 가로등 없는 밤길 같다

발, 그 너머 36
– 품다

입으로 들어온 음식물은 몸 밖으로 나가고
피부에 쌓이는 때도 떨어져 나가는데
귓구멍으로 들어온 이상한 문장 하나
가슴속에 머문다

거울에 비춰 봐도 보이지 않고
보이지 않으니 닦을 수도 없는데
발을 움직일 때마다 울리는
주파수 높은 금속성 소리
발을 흔들고 가슴팍을 긁는

이상한 소리로 찾아왔으니
품고 함께 살아야 할 뿐

발, 그 너머 37
- 기대

한 번도 피워보지 않은 꽃씨를 구하기 위해
산을 넘고 강을 건너야 할 때
필요한 짐만 가지고 가는 거
알고 있다

노는 것이 즐거워
바람과 손잡고 돌고 돌다 보면
뛰어도 지각한다는 거
알고 있다

알고 있는데 그것을
참느라
멈추느라
끊어내는 너
너
너

발, 그 너머 38
- 그 곳

길은 언제나 열려 있다
갈 수도 설 수도 있지만
멈출 수 없는 길

갈림길 앞에서
선택해야 하는 어려움은 있어도
목적지는 발이 끝나는 그곳이다

사노라 쏟아낸 많은 이야기
아무도 밟지 않은 눈 위에
선명하게 찍힌 발자국처럼 새겨질

그 길의 끝에 멈춰 서야 할 그때
반겨주는 웃음소리 듣고 싶다

발, 그 너머 39
- 바람소리

시월의 냉기가 주춤주춤 뒷걸음질 치는 날
갈바람 앞에 힘을 잃어가고 있는 호박꽃

벌 한 마리 날아와
꽃 속에 얼굴을 묻는다

끈질기게 줄기를 더듬으며
꿀을 찾는다

발에 긁히는 꽃도
아프다는 것을
목이 마르다는 것을
시간이 한참 흐른 다음 알게 된다는 것을

발, 그 너머 40
- 변화

*

바람을 피하지 못하고
꽃이 피어 있는 화분과 화분이 부딪치던 날
슬리퍼 신은 발로 색경 앞에 앉는다
꼬인 발의 가닥을 붙잡고 그 끝을 자른다
가볍게 날리는 발이 부드럽다

*

가느다란 원형 롤에 발을 감고
청진기 고무관을 통해 아픈 곳의 소리를 듣는다
빳빳했던 성깔머리
버리고 내놓으니 부드러워진다
고집을 꺾고 끊어야 할 것이 많으니
대기하는 시간도 점점 길어진다
이리저리 구불구불 연결되는 흐름
멋에 빠져든다

*

살짝 스치는 바람에도
발은 예리하게 날린다
작은 손짓에도 예민해지는 것과
그럴 수 있다고 인정해야 하는 것
발이 좋아하는 춤동작의 변형이다

발, 그 너머 41
– 춤추는 발

서로 다른 곳에서 뿌리를 내리고
여러 가지 모양의 꽃을 피운다

색이 다른 꽃씨를 뿌리는 날이면
새로운 꽃의 모양을 연구하느라
선배의 발髮과 발足 사이를 오가며
알아듣기 힘든 소리를 듣기 위해
귀를 쫑긋 세운다

눈이 마주칠 때마다 고개를 끄덕이고
서로의 작품을 바라보며
눈빛으로 칭찬을 한다

싱그러운 꽃을 풍성하게 피우고 싶은
목표는 하나였다

발, 그 너머 42

- 자리

쓴맛도 매운맛도
한 고개만 넘으면 약이 된다던 엄마

무거운 것 힘든 것 등에다 올려놓고
비가 오면 쑤신다던 허리

가끔 보이는 흰 머리칼
날마다 그 무게를 견디느라
모두 흰머리가 되어가고 있다는 것을

장맛비가 개울 물줄기를 돌려놓던 날
그 물줄기를 보며 알았습니다

아! 내가 서 있는 자리

발, 그 너머 43
– 맵시

*
신선한 재료를 사용하여 요리해도
비중이 맞지 않으면 맛이 묻혀버리듯
생각이나 느낌을
수학 공식처럼 풀어야 하고
발을 감고 세우는 손끝 작품도
저울이 멈추는
세밀한 눈금을 찾는다

*
돌리고 돌리며
발의 탄성을 이해하는 일과
고집이 센 뿌리의 방향을 돌려야 하는 일은
발의 마음을 읽어야 하는 것이다

구도와 결은 위치에 따라
그 볼륨이 달라진다

둥글게 모은 발의 이야기
하늘을 향해 날갯짓한다

발, 그너머 44
– 생명

오목오목 패인 땀구멍이 탄력이 있어
보기에 참 좋았다

올려 묶다
내려 묵다
검은 봉지에 담아 밀쳐놓았다

잊고 있었다

계절이 바뀌고 한기를 느낄 때
다가가 보니 울고 있었다

살이 빠지고 쭈글쭈글해진 채
구멍을 밀치는 발짓

몸속 수분과 영양분을 모두 쓰느라
쭈글쭈글해진 발은
어두운 곳에서도 발을 키우고 있었다

발, 그 너머 45
– 앞자리

곡간을 손가락으로 채우겠다며
밤인지 낮인지 분간하지 않고
나누고 묶고
고무줄을 튕긴다

모종을 심고 약을 뿌리고
약 묻은 손이 습진에 갇혀도
그 길을 간다

간다

고운 단풍잎 빛바래 가는
가을 나무 잎사귀들의 모습처럼
화려한 말과 말로 이어가는 길

닫혀있던 책장을 연다
종이가 해지도록 넘긴다

발, 그 너머 46
- 갈등

기둥에 큰 거울을 걸어준 아버지
닦지 않으면 먼지 쌓인다며
매일매일 닦으라고 한다

땀이 흐르는 얼굴
때가 낀 얼굴
알 수 없는 표정에 더러워진 얼굴

웃고 있는 눈과 커다란 귀
하얀 이빨까지
억지로 짜 맞추려 하지 않는다

사실을 복사하고 있어서
아물지 않는 상처 자국이 아파서
날마다 갈등하고 있다는 것은
알지 못했다

발, 그 너머 47
– 온도차이

혼자 덮은 이불 속 온도와
살을 맞대고 함께 덮은
온도의 차이는 얼마나 될까

만개한 벚꽃 터널 길을
손 꼭 잡고 꽃잎 밟으며 걷는 부부

걷다가 서고 걷다가 세운다

십만 송이 머리칼을
천천히 헤치며
꽃을 꽂아주는 손

그녀가 웃는다
꽃처럼

발, 그 너머 48
– 손길

가늘고 약한 머리칼을 세운다

세우면 가라앉고
또 세워도 가라앉는다

머리카락 무게가
몹시도 무겁던 날

묶여 있는 듯
움직이지 못하는 수족을
짐짝 굴리듯 굴리다
가까스로 고개를 들어보지만
눈앞이 캄캄하다

캄캄한데 떠오르는 얼굴
아프다고 누워서 앓은 적 없고
힘들다고 시간을 뭉개는 일 없던
그 손길 그립다

발, 그 너머 49
– 감사

사람의 걸음걸이는 같은 듯 서로 다르다

화살은 삶의 무게에 따라 날아가는 속도가 다르다

사진은 낡아도 담긴 추억은 변하지 않는다

제비는 입으로 진흙을 물어다 집을 짓는다

꿀벌은 배의 마디마디로 기름을 분비하여 집을 짓는다

불평이라는 문장은 사람에게만 있다

감사라는 표현도 사람에게만 있다

사람이 표현할 수 있는 최고의 선물

감사, 감사예요

제 2 부

색경, 거기에

색경, 거기에 1
- 그녀

앞이 보이지 않는 엄마의 끼니 걱정하느라
개미허리가 된 그녀
일찍 등교하여 교실 정리하고 독서로 허기를 달랬던
맑은 샘물 같았던 그녀
자주 하던 전화기는 꺼져있고
답을 기다리는 문자는 애타도록 갇혀있다

그녀를 만나러 간다
긴 시간 달리느라 목구멍이 부었는지
기차 울음도 답답하다

그녀와의 추억이 새겨진 동백섬에
구구절절 흘리던 이야기의 그림자가 흐리다
꽃잎 찢어 품에 안은 남자를 따라가 아들 둘 낳고
미용실에서 일한다는 그녀
거리가 가까우면 혹시 통화할 수 있을까
긴긴 신호음을 기대하면서 달려왔는데
기대를 비껴가는 배고픈 해
바닷물 속으로 들어가 버리고
돌아서는 발도 배가 고프다

색경, 거기에 2
– 섬김

*
색경은 날마다 새로운 삶을 양태하고 있다
열을 세다 반쯤 잘라낸 추억이 잠시 침묵하더니
얼마를 더 하는지 모를 소통을 이어간다
섬기고 또 섬김을 받아야 하는 곳에
사랑을 담은 노동력이 새겨진다

*
퍼내도 마르지 않는 섬김은
어디쯤에서 시작되었을까
운전해야 갈 수 있는 길은 누가 알려 주었을까
이삿짐을 가득 채운 자동차는
휘발유 냄새 풍기며 지나가고
길바닥을 쓸어 담는 자동차 한 대
구린내 풍기며 지나간다
비탈길을 달구던 신발 소리
헐떡이는 숨소리에 묻어 지나가고
숨소리조차 가슴에 품은 전기자동차
꽃에 물을 주며 지나간다

*
길이 막힐 때가 있듯이
일도 순서를 두고 고민해야 할 때가 있어서
가끔씩 가슴을 두드리게 된다
다른 일 돌아볼 겨를도 없는데
색경 앞에 서면 손짓하는 얼굴이 보여
마음이 흔들리고 있다
작은 *색경에는 보고 싶은 부위만 보인다

---

*색경 : 거울의 방언

색경, 거기에 3
– 예약

오신다 하여 문을 활짝 엽니다

갇혀있던 차가운 생각들이
열린 문으로 우르르 따라 나오며
오늘이 첫 만남인 것처럼 햇살을 찾아
이 구석 저 구석에 자리합니다

오신다는 전화 한 통에
바쁘게 움직이는 머릿속
발이 바쁘고 손도 바쁘고
입을 열고 귀를 열며
기대하는 소식을 다듬어 봅니다
고소한 냄새
바람 따라 춤을 추고 있습니다

색경, 거기에 4
- 억누르다

추웠다 더웠다 하는 날
만나자는 전화가 왔다

오래 침묵하던 만남이기에
꼭꼭 접어두었던 잔잔한 떨림이
입술을 자극하고
묻어두었던 걸음이 흔들린다

그는 어떤 생각을 하며 지냈을까
곰의 겨울을 살고 왔을까
다람쥐의 겨울을 살다 왔을까

발足을 흔들어 깨운다

입술에 빨간 이불을 덮는다

눌려있던 입술이 감정을 조절하도록
보초를 세운다

색경, 거기에 5
– 방황

사월의 땅을 밟고 핀 꽃 속에서
네 얼굴을 찾는다

젖은 빨래처럼 늘어진 가방을 메고 문을 나설 때
발이 시커멓게 부어있는 것을 보지 못했다

발뒤꿈치를 들고 걸었을까
가죽 신발에 신음을 묶었을까
걸음도 비명도 듣지 못했다

헝클어지는 발을 쓰다듬느라
감금당한 시간을 목구멍으로 틀어막느라
사람의 눈길을 피하느라 얼마나 아팠을까

미안하다 미안하다는 말이
네 귀에 들리기를 손 모으며
우두망찰 서 있다

색경, 거기에 6

- 예민기

앓지 않고 지나갈 수는 없겠지만
눈물도 뿌리고 언어도 튕기고
달리고 싶은 걸음 숫자만큼
튀고 싶은 너

네 안에 진짜 너를 속히 만나면 좋겠다

노란색을 빨간색으로 보고
빨간색을 파란색으로 말하는 너

작고 하찮다 여기는 잡풀에도
독이 있었다는 걸
조금만 더 생각하면 안 될까

눈이 마주칠 때 웃어주면 안 될까

색경, 거기에 7
– 관계

내가 네 속으로 네가 내 속으로
드나들 수 있다면
속을 드러내는 맑은 강처럼
마음의 깊이를 들여다볼 수 있을 텐데

중앙에 너를 놓고
태연한 척 준비한 행사
언제 벗을지 모르는 선글라스에 가려진
네 눈동자의 움직임
볼 수 없어서 안타깝다

다른 사람은 손뼉을 치며 좋아하는데
너는 왜 혼자 앉았다 섰다
손에 펜을 잡고 빨강 글을 토해내야 했을까

네가 토해낸 문장들은 어지러운 듯
비틀비틀 종이 위를 기어다니고
가까이하려는 마음
새끼줄처럼 꼬이고 있다

색경, 거기에 8
- 바다

더럽혀진 발들이 바다로 들어간다

이야기만 품으면 좋을 텐데
놀다 간 자리도 품어야 하는 것은
장맛비에 이끌려 들어가기 때문이다

떠내려오는 오물을
한 번도 거부한 적은 없다

품어야 하는 일이 힘들어
속이 시커멓게 멍이 들었다

수만 번의 몸짓으로
깨끗해질 때까지 다듬고 씻느라
날마다 몸을 뒤척이고 있다

색경, 거기에 9
- 조개칼국수

손으로 가늘게 썰어 담은 국수 가닥 아래
조개들이 옹기종기 모여 있다

배고픔에 사뭇 흔들렸을 마음
입을 열면 더 배가 고플까 하여
돌처럼 딱딱한 껍질 속에 마음을 감추고
침묵한다

끓어오르는 열기에 입 여는 소리
쩝쩝 달그락달그락

물 한 대접 더 부으면
한 명은 더 먹을 수 있다는 엄마의 목소리
색경은 퍼진 국수 가닥을
오래오래 품고 있다

색경, 거기에 10
– 냄새

아버지는 채소를 키우는 일에
인분을 거름으로 쓰셨다
인분을 퍼 나르는 날은
주변의 공기가 똥 냄새로
가득 채워졌다

사람이기에 도구를 사용하고
냄새를 견디고
말을 조합하여 전달하는 것
그건 색경 거기에 네가 있고
내 안에 색경이 있기 때문이다

색경, 거기에 11
– 고구마

소름 세우는 서릿바람이
마음을 시리게 하는 겨울입니다

겨울 양식의 심장 같은 고구마 하나
찜통에서 꺼내 들고 꾹꾹 눌러보는데
끈적끈적하게 떨어져 내리는 액체 방울
그건, 고구마 속에서 숙성된
아버지의 땀방울이었습니다

지난 긴 시간 되짚는
색경의 기억

먼저 웃지 않던 내 모습
가슴을 치며 고백합니다
미안합니다

색경, 거기에 12
- 뿌리

그건 너를 얻기 위한 거였다

바람이 겨울을 걷어내는 날
길가에 심긴 나무를 가만히 안아본다

고통은 살아있는 자의 몫이라며
자리를 뜨지 못하는 나무

지켜야 하는 것은 뿌리라며
설한풍을 마주하느라 생겨난
검버섯과 주름

견고하여 흔들리지 않는 나무
아버지의 손등 같다

뿌리를 지키는 나무 그건,
아버지의 사랑이었다

색경, 거기에 13
– 사랑의 빛

탱자나무에 모여
노래하던 참새들 다 떠나가고
옆을 지키던 까치도 날아갔다

혼자 보내야 하는 시간
깊은 우물에 두레박줄을 내리고
더듬더듬 더듬는 바닥의 깊이
힘껏 끌어올린 추억 한 바가지에
토해내는 노랫가락

– 지금까지 지내온 것 크신 은혜라
– 지금까지 지내온 것 크신 은혜라

고요한 공기를 가르던 엄마의 노래
귓전에서 멀어져 가고
갚을 수 없는 빛
색경에 갇혀있다

색경, 거기에 14
– 열줄 그리움

엄마가 걷던 길을 걸어간다
쭉쭉 뻗은 나무 사이로 하늘이 보인다
무릎이 아프다며 가끔 앉아서 쉬던 의자
의자에는 나무 그림자만 남아있다
그림자라도 만지고 싶어
털퍼덕 주저앉아 더듬어 본다
부채질을 해도 사라지지 않는 그리움
빛과 나무가 만나는 지점에 그리는
엄마의 얼굴
색경이 토해내고 있다

색경, 거기에 15
– 노래반주기

일월에 비가 내립니다
음악 반주 같은 빗소리를 따라
흥얼흥얼 마음 가는 대로 부르던 노래

– 미워도 한세상 좋아도 한세상
– 마음을 달래며 웃으며 살리라

말을 쉽게 내놓거나
큰소리로 감정을 드러내지도 못하고
가슴에 묻어둔 답답함을 조용한 노래로 덜어내던
엄마의 노래 반주기는 맷돌입니다

해독 작용을 한다는 녹두는 맷돌로 갈아야 좋고
불린 콩도 맷돌에 갈아야 제맛이 난다며
드르륵드르륵 반주에 정성을 담아내던

엄마 가슴 한구석에서 돌던 맷돌이
자식이었다는 것을 뒤늦게
색경이 알려주었습니다

그리움이 하늘에 닿았을까요
하늘과 땅을 연결하는 겨울비가 내립니다

색경, 거기에 16
– 흔적

함께한 추억의 흔적
꽃나무 아래 심겨있는데
어쩌자고 짓궂은 바람에
눈동자 흔들렸을까

발을 키우는 나무는 낙엽을 알고
낙엽은 썩어야 봄이 온다는 것을 아는데
바람이 흔든다고 멀어질 사랑이었을까

가을이 흔적을 지우고 있다

색경, 거기에 17
- 젖다

삶의 완성은 없다고, 하지만
미완성은 늘 그리움에 젖는다
젖은 옷 입고 말리듯
궁굴리던 추억 하나 꺼내 들고
그저 하루 한두 번
마지막 보내던 그곳을 찾아가
천국의 소재지를 묻다가 돌아선다

유난히 추웠고 그래서 더 두꺼운 것으로
입을 막아야 했던 지난겨울
유리창 칸막이 너머로
바라보던 아픔이
스펀지 물 흡수하듯
무겁게 젖는다

색경, 거기에 18
- 그 공원

구불구불 한 산길을 따라 그 공원에 갑니다

강물처럼 흐르는 시간을
되짚어 세우는 것마다
절인 배추처럼 공손해져 옵니다

그 까닭은
색경에 새겨진 사랑이 너무 두꺼워
손 내밀어도 잡아주지 않는
그리운 사람의 얼굴이 보이지 않아서입니다

그 공원에 가면 숨겨 놓은 눈물이
물에 젖는 솜이불처럼
턱밑까지 차오릅니다

색경, 거기에 19
- 그리움

대파를 숭덩숭덩 썬다
알싸한 맛
매운맛
열에 펄펄 끓어도 쉽게 변하지 않는 향

엄마 냄새를 찾는다

날마다 주방이 낯설어
그릇을 들었다 놓았다
명절이면 더 그리워지는 엄마

안경 너머로 들어오는 냄새는
견딜 수 있지만
가슴에서 피어나는 그리움
끈적끈적한 눈물 되어 고인다

색경, 거기에 20
– 신음

평정을 잃지 않으려고
날마다 숨을 고르는 기도
몸을 흔든다

토해낼 수 없어서
수만의 신음 소리를 내며
수만의 얼굴을 담아내는 색경

얼굴이 맑아지기를
빌고 또 비느라
참 많이도 외로웠을
아버지의 기도

색경, 거기에 21

- 발자국

태양을 정수리로 받으며 걷는 날은 거의 없다

어둠이 내리기 시작하면 더 어두워지기 전에
내가 던진 말이 날개를 달고 날다
혹시 누구의 덫에 걸리지는 않았을까 하여
슬그머니 신발을 신는다

신발 끝에 부딪히는 발가락
발가락에 힘을 주고 걸어도 자극은 아프다

가끔 뒤를 돌아보느라
걸음 흔들릴 때도 있지만
발자국은 쉬는 날도 없이
따라온다

색경, 거기에 22
– 녹지원

빈틈없이 채워진 초록빛 잔디광장에
뽐내고 서 있는 나무 한 그루
혼자라는 외로움조차 화려하다

햇살은 황금색
바람은 초록색

다 가진 듯

시시각각 새것으로 채워지는 듯

아픔 따위는 잊고 살았을 듯한데
백 년이 세 번 지나도록
마음 삭이는 일은 여전히 힘들었다며
바람 한 점에도 손을 흔든다

색경, 거기에 23
– 눈빛

웃는 모습이 배꽃 같다며
말해주던 사람

눈빛이 따듯하고
발로 그리는 풍경을
사랑하게 하는 사람

대설 바람을 막 보내놓고
손이 시려 호호 비비며
감추어도 감추어지지 않는 입김이
빨갛게 언 웃음꽃이었는지

소복하게 쌓인 눈 사이로
얼굴 드러내는 팥배열매
오늘이 마지막이라도 좋을 듯
빨갛게 웃고 있다

색경, 거기에 24

– 물

장마에 흙탕물 밀려오고
모래 쓸려 한쪽 귀퉁이에 쌓여도
물속은 아버지 품처럼 조용하다

얕은 물에 햇살 비치고
작은 물고기 큰 물고기 몰려와
물속 일광욕을 즐긴다

힘을 과시하는 잉어 한 마리
물 위로 뛰어올라 몸을 철썩 떨군다

출렁거리는 물 위로
머리를 쏙 내놓는 자라 한 마리
작은 눈을 부릅뜨고
매서운 눈초리로 흘겨보고 있다

색경, 기기에 25
– 속내

밤의 시간을 그리는 빛
곁에 있는 것은 보배인 줄 모르고
멀리 있는 것이 황금인 줄 알고
탐심을 그린다

야망이 그리움인 듯
집착이 사랑인 듯
쉴 줄 모르는 손짓

곁에 있는 것은 대충 짧게 그리고
멀리 있는 것은 길게 공들여 그린다

그 속내가 궁금하다

색경, 거기에 26
– 숨 가쁘다

날마다 새것인데 비었다며
숨 가쁘다

내세우고 싶어서
손이 가고
발이 가고
마음이 간다며
보듬는 척한다

빈 깡통 소리 내면서
너를 위한 것이라고 자랑질이다

양보는 아니더라도
내려놓고 비우는 것이
자유로우면 좋겠다

색경, 거기에 27
– 침묵

바람을 사랑하다 낀 때를 씻기 위해
어둠 속으로 끌려 들어가
세찬 물줄기에 얻어맞으면서 침묵한다

커다란 걸레에 몸을 맡기고
때 묻은 몸과 마음을 씻는 것은
실경을 잘 살피겠다는 희망 때문이고
바람을 사랑한 보상이었다는 것을
알기 때문이다

밤을 견디는 것은
추억의 이불이 펼쳐있기 때문이고
태양을 견디는 것은
손짓 하나에도 감정을 싣고
달릴 준비가 되어있기 때문이다

색경, 거기에 28
- 너 하나

오직 사랑만 노래하는
매미 한 마리
색경 앞에 울고 있다

찬바람에 뼈가 시린 듯
나무에 찰싹 붙어
생에 마지막 순간까지
색경에 가슴을 비비며 새기는 노래

사랑아! 사랑아
너 하나면 족하다

색경, 거기에 29
– 산다는 것

살다 보면
승자 없는 줄다리기를 하는
미묘한 일이 생긴다

식탁을 마주하며 시간을 묵혔으면
식성도 닮아가련만
장바구니를 마주 잡고 줄다리기한다

티격태격, 목소리에 가시가 달렸다며
홱 돌아서 가버린다

한쪽 다리를 다친 두루미처럼
절룩절룩 멀쑥하게 걷는다

혼자 시장 가는 일이 제일 싫다는 친구
친구의 말이 미묘한 대립에서 생긴
목구멍의 통증을 도닥여준다

색경, 거기에 30
– 눈빛

등에서 흐르는 땀에
마음이 흠뻑 젖는다

냉한 눈빛은 살갗을 스치고
뼛속까지 시리게 한다

눈길 닿지 않는 곳에서의
바스락거리는 움직임조차
색경이 복사하고 있다

얼음물 끼얹는 듯 전율로 다가오는
살얼음 같은 움직임
설치된 반사경에 번뜩번뜩 비치는
소름 돋는 눈빛

겨울이 추워도
날씨가 변덕을 떨어도 봄은 온다

색경, 거기에 31
- 귀를 씻다

목이 말라 입을 열고 헐떡이는 병아리처럼
목구멍이 시커멓게 멍이 들었다

평상시 듣지 못하던 단어가
성냥 황 불붙듯 벽을 타고 오른다

살면서 한 번도 실망하지 않았다면 거짓말이겠지만
네게 얼굴을 묻을 수 있었던 것은
솜이불처럼 두꺼운 입술의 무게 때문이었다

가끔은 질긴 고기를 씹어 삼키려는
고소하지 않았을 마음 읽으며
위로하기도 했다

삶이란 입을 지키는 것의 연습이라는 것을
짧아진 호흡에 잘못 찍힌 영상을 지우며
차마 들여다볼 수 없는 똥칠 된 문장의
냄새를 지우고 있다

색경, 거기에 32
– 갇힌 공간

커튼 하나로 너와 나의 공간을 나누고
같은 옷을 입고 같은 음식을 먹으며
며칠 동안 같이 살았다

가지고 있는 아픔의 크기는 각각 다르지만
색경에 새기는 소원은 오직 하나
건강하기를 무탈하기를
손 모아 기도한다

색경, 거기에 33
- 기다림

정해놓은 약속은 아니었다
순서를 정해 놓은 것도 아니다

수만의 날개 달린 하얀 눈을
하늘 어디쯤에서 만나
어떤 가슴으로 녹였기에
눈이 내려야 하는 절기에
비가 내리는 걸까

봉숭아 물든 손톱 들여다보며
첫눈을 기다리고 있는데
왜 비가 내리고 있냐고
누구를 탓할 수도 없다

이유를 물어봐도 답하는 사람도 없다

색경, 거기에 34
– 치워진 그늘

햇볕을 반사하고 있는 색경을 보며
권력 아래 쉬고 싶었던 개미 한 마리
가느다란 허리 아래로 손발을 구겨 넣고
오래오래 반사해 주기를 바라고 있다

확성기로 소리를 날리며 달리던 자동차는
그림자까지 매달고 떠나 가버리고
찢어진 현수막 아래로 쏟아져 내리는 눈총

좌우가 바뀌었다는 것을 아는가
수심 가득한 얼굴로
돌고 돌아도
제자리를 찾지 못하고 있다

색경, 거기에 35
- 왜

굵은 주름 가는 주름
건조한 시간을 그려 넣은 묵은 얼굴
허리에는 바람 탱탱한 타이어 하나 두르고
발치수도 늘어나는데
혈관에 때 끼듯
하수구에 냄새 풍기듯
자꾸 좁아지는 마음
왜 그런 걸까

살갗이 넉넉하니
주름의 자리도 넉넉한데
마음은 왜 자꾸
밴댕이 소갈머리 같아지는 걸까

사람은 고쳐 쓰는 것이 아니라 하여
구깃구깃한 손수건을 꺼내
순간순간 토라진 문자를 닦으며 참아도
여전히 서운하고 이해 안 되는 건
왜일까

색경, 거기에 36
- 정에 젖다

시대가 시대이니
정을 나누는 색깔도 달라졌다

고가 사다리에 짐을 실어
온종일 오르내려도
신기할 것도 궁금할 것도 없는 시대를 살고 있지만
정은 과거에 머물며 숨을 쉰다

이사했으니 모든 일이
새롭게 술술 풀리라고
전해주고 싶었을 마음

이름도 낯설고
상점도 낯선데
무조건 길을 나선 걸음

동네를 몇 바퀴를 돌다 만났을까
건네주는 세 겹 화장지
땀에 젖고
정에 젖었다

색경, 거기에 37
– 섞다

바람의 유혹에 가랑잎
얼굴색 변하듯 몸 비트는 가을

조용하게 번지는 빗소리에
초록 잎 추억 가슴 가득 끌어안고
추억을 청한다

그리 멀지 않은 곳에서 들리는
바람의 차가운 걸음 소리
갈색빛 휘감아 걸음을 섞는다

필연인 줄 알았던 만남은
질척한 웅덩이 속에 갇혀버린 채
지나가고 있는 시간을 붙잡고
새날을 새기고 있다

색경, 거기에 38
– 고개숙인다

커다란 색경을 거실에 세워놓고
구석구석에 잠들어 있는 것들을 꺼낸다

어디에 있었는지 알지 못했던 것들이
수북이 쌓인다

꺼내놓은 것들이
빈곤했었다는 생각을 비웃듯
먼지에 숨어 통통하게 살이 올랐다

남겨두고 가는 것과 인사 나눌 시간이 있어서 다행이다
그동안 함께 했는데 두고 가서 미안하다며
한 번 더 보듬고 닦는다

소중한 줄 알면서 미루고
바쁘다고 핑계하고
먼지 쌓이게 해서 미안하다고
고개를 숙인다

색경, 거기에 39
- 보상

사방에 먹이를 풀어헤쳐 놓은 새 한 마리
소독약 냄새 가득한 덫에 걸려
낯선 색경 아래 누워있다

가끔씩 색경 앞에서 모습을 고치며 살았더라면
찬물 끼얹듯 놀란 가슴 쥐어짜다가
원하지 않는 곳에 눕지 않았을 텐데

밤이 깊어질수록 허락도 없이
커튼을 넘나드는 코 고는 소리와
엄마를 부르는 신음 소리
밤을 지킨다

색경, 거기에 40
- 선물

꽃다발을 받았습니다
화려한 박수로 치장은 하였으나
철사로 꽁꽁 묶인 꽃다발
활짝 풀어놓고 살펴보니
색깔도 모양도 각각입니다

낮아진 위치와 높아진 위치
밝아진 자리와 어두워진 자리
길게 짧게 잘린 꽃
색깔을 고르고 모양을 골라
하나둘 세워봅니다

각각의 형태에 따라 다양하게 불리는 이름
그건, 꽃으로 피어나기 위한
한생의 목마른 기다림과
채울 공간이었습니다

홍도화 시인 제3집 발이 빛는 바람

跋文 - 홍도화 시인의 시세계

발髮 ·발犮을 날리는 발發이 발足이다
- 발, 그 너머

1. 발(髮)을 치다
- 빛이 가르고 빛을 돌려 품는 색경

　발(髮)이 나가는 만큼 달린다 날린다. 발(足.犮)이 달리
는 만큼 열린 발(發)은 뛰고 날리고 뽑혀(拔) 날리는 만큼
달린다. 발(髮)을 날리며 허공을 휘젓고 발(足)로 발(犮)
을 치고 발(拔)을 뽑아 내달리며 발(發)이 바람을 일으킨
다. 한 줄기로 솟아나 갈래로 퍼지면서 서로 부딪치고 부
딪히면서 엉겨 붙다가 떨어져 나가 산산조각으로 흩어지
는 사태의 표상이 달리고 날린다. 잠시도 멈추지 않고 움

직이는 숨의 맴돌이가 힘이다.

발을 끌고 가는 머리. 앞으로 나가는 발이 머리를 뒤로 날려 겨눈다. 하루가 날을 세워 이어가는 만큼 사이사이에서 일어나는 바람의 소용돌이는 고통을 몰아 내친다.

　맴돈다 맴맴 어렸을 적 고추 먹고 맴맴 흥얼거리며 마당을 빙빙 돌던 그때가 문득 그리움으로 돈다. 맴맴 돌아보면 그게 한세상 살아가는 교시였다. 밤과 낮이 서로 짜고 일어나고 눕고 그 순리를 돌리고 돌려 맴돌수록 파문이 일어나는 파랑, 삶의 근원이 파문으로 맴맴 돌아 파장을 맞아 돈다. 발을 내딛고 달리는 만큼 머리는 일어서고 휘날리면서 돌아가는 시간에 공간을 넓히고 펴져나가는 빛살, 슬픔을 만나면 어둠이 스며들어 걷어내려 하지 말고 그 안에 젖어 든다. 떠오르는 해의 살이 발그라니 품어 들어 새싹이 돋는다.

　발을 다듬고 가꾸면 아름답게 아름드리로 아람지게 열린다. 세상의 어둠을 밝히고, 밝힌 걸 빛낸다. 밤은 어둔 게 아니고 낮은 환한 게 아니다. 어둠도 빛, 밝음도 빛, 빛살이다. 맨 아래서 맨 꼭대기까지 빛을 펼친다. 발髮은 빛을 휘날리고 빛을 가르고 색경은 빛을 돌려 내쏘고 다시 품는다.

2. 발髮·友을 켜다
– 색경 거기에는 그리움이 있다

공중에 떠 있는 물은 힘이다. 아름이야! 살아가는 터에서 앓는 게 앎으로 가는 길, 길목에서 아람 진 숨을 쉴 수 있는 그 아름다움에 이르기까지 진실이 축이라고 저 머리 꼭두에서 둥둥 북을 치는데, 그 울림은 휘돌기의 중심에서 파문을 일구고, 그 빛깔은 하늘과 땅을 섞은 색깔, 광채를 피우는 새까망이다. 색을 조금씩 아주 쪼끔씩 목구멍으로 넘기면서 오늘을 펼치는 발걸음이 가볍게 안겨주는 사랑, 묵묵하게 가꾸고 밀고 이끄는 그 힘에 눈결을 모아 빌면서 빛과 색을 섞어 마시는 이 아침에~,

발길을 가르쳐준 사람은 없다

어깨너머로 본 동작을
밤마다 반복하며
기억의 창고에 저장을 했다

가위 사용하는 법을
자세하게 배우지 못해
베이기도 하고
잘리기도 했다

돌아갈까 다시

제자리로 돌아갈까 망설이다
맞이하는 아침이면 생각을 했다

뒤에 따라오는 이가 볼 수 있도록
그래, 길을 만들자

길을 낸다

- 「발, 그 너머 1 - 길」 전문

　태어나면서 첫울음 그것부터 배워서 발을 디딘 건 아니다. 그냥 그저 그렇게 달은 가고 해는 오고 돌고 돌아가면서 눈치코치로 알아맞혀 나갔다. 살펴보고 당겨 품고 내다보는 눈 점은 순발력과 재치가 있어야 한다. 망설임이 파고들어 날밤을 새우고 아침이면 햇살 따라 찬란한 빛이 앞날과 뒤의 길을 펼쳐 보여주고 자국을 냈다. 무심한 듯 머릿발을 스치고 지나가면서 부풀려주는 바람에 수없이 피어나는 꽃송이의 꿈길이 환했다.

　　찬물에 머리 감고 말리는 새벽
　　물 한 대접 들이켜고
　　둥근담에 손을 비비다
　　초승달이 될 때까지

발髮을 씻고
발足을 세우는 시간 가끔씩
시작점 그 때 그 자리를
한걸음 물러서서 생각해본다

웃는다

– 「발, 그 너머 21- 도전」 전문

보름에서 초승까지 그 사이는 내리막이다. 부푼 마음 줄어들면서 품은 작아지고 그러는 사이 칠흑의 어둠이 들이밀면 그 자리에서 한 발짝도 내디디지 못하는 불안 감이 스며들지만, 빛은 피어오를 것이란 믿음에 색깔을 칠하고 스적이는 소문에도 귀 기울여 계단을 밟아 오른 다. 다시 초승이다. 아니 새로운 초승이다. 새롭다는 언 제나 힘이고 새로운 빛을 올려 쏘면서 새로운 패를 쥐여 준다.

발足 이 엉키고
얼굴이 붉어지던 날
아픔이 어디서 묻어올지 몰라
바람이 어디서 불어올지 몰라
사방에 가림 막을 쳐놓고
가랑잎나비처럼 보호색으로 변장하고
날마다 괜찮을 거라고
믿은 것이 착각이었다

발髮이 엉키고
발足이 갈라지던 날
단번에 넘어가지 말고
하루에 한 줄씩만 넘어가라는
일곱 경계선이 생겼다

가만히 있어도 머리가 지끈지끈
발이 욱신욱신 쑤신다

- 「발, 그 너머 33 - 맞서다」 전문

발은 중심에서 중심을 잡아준다. 중심의 발髮은 변두리로 힘을 불어 내어주고 변두리에서 중심을 향해 돌며 감아주는 소용돌이의 힘이 솟아올라 애를 쓰지만 그만큼 아픔이 다가와 사방에 가림막을 치고 스스로를 보호한다. 구름을 띄우고 하늘로 향하는 그 자리는 깊은 상념에 고민을 펼친다. 시간의 숫자는 경계선이 되고 주일을 계산하며 오르면 구름이 쳐지고 비가 내려 허공의 앞뒤를 가려본다.

내가 네 속으로 네가 내 속으로
드나들 수 있다면
속을 드러내는 맑은 강처럼
마음의 깊이를 들여다 볼 수 있을 텐데

중앙에 너를 놓고
태연한척 준비한 행사
언제 벗을지 모르는 선글라스에 가려진
네 눈동자의 움직임
볼 수 없어서 안타깝다

다른 사람은 손뼉을 치며 좋아하는데
너는 왜 혼자 앉았다 섰다
손에 펜을 잡고 빨강 글을 토해내야 했을까

네가 토해낸 문장들은 어지러운 듯
비틀비틀 종이 위를 기어 다니고
가까이 하려는 마음
새끼줄처럼 꼬이고 있다

- 「색경, 거기에 7 - 관계」 전문

　색경, 그 안에는 얼룩덜룩 비쳐 나오는 검은 머리칼부터 담아온 흰 머릿발이 찌른다. 찬바람에 머리 살짝 숙이는 산비탈에 생강나무 노릇노릇 피어오를 때 동백기름으로 머리칼을 반지르르 빛낸 까망 쪽머리, 울음을 웃음으로 보여주는 색경 앞에서 한을 담은 살이는 그나마 빛을 품어주는 행복이라, 몇 장의 얼굴을 비춰보며 펴고 오므려보기도 한다. 살아가는 희로애락의 흔적을 보여주는 색경은 말끔하게 비워야 생끗 머리칼을 날린다.

함께한 추억의 흔적
꽃나무 아래 심겨있는데
어쩌자고 짓궂은 바람에
눈동자 흔들렸을까

발을 키우는 나무는 낙엽을 알고
낙엽은 썩어야 봄이 온다는 것을 아는데
바람이 흔든다고 멀어질 사랑이었을까

가을이 흔적을 캐내고 있다

　　　　　　　　　　 - 「색경, 거기에 15- 흔적」 전문

　 안개는 짙어 더더욱 분별이 어둘 때 한 줄기 한 줄기 빛
살이 얼마나 가슴을 에는지 한 갈래 한 갈래 빛결에 젖어
드는 추억이 얼마나 마음을 적시는지, 원하옵건대 가식
이 아니고 허례가 아니고 더러움이 아니고 진실의 그 빛
을 펼쳐달라고 손을 모으면서 더듬어보는 사랑 한 줄기,
부드러이 안겨주는 신비로운 사랑의 흔적을 캐낸다. 가
을이 줄기를 뻗쳐 공손한 두 손을 모아 너그럽게 살피라
는 바람을 품노니, 가야 오고 오면 간다는 순리에서 진실
한 사랑은 여전히 그 자리에 있다.

3 발 (髮·友·拔·足)을 세우다

– 색경의 아름다움은 신비다

밀고 이끄는 힘, 그건 실력이고 재주며 재능이다. 혼자
만이 가지고 있는 특기다. 특히 예술은 끼에 소질까지 품
고 있어야 가능하다. 홍도화 시인, 정신적 도학을 그리는
발상은 고난 속에서도 우리나라 첫 미용기능장으로, 최
초의 미용예술학 박사로, 국민포장을 받았으며 봉사왕이
기도 하다. 한남대학원 교수로 강단에 섰으며 기예 창조
의 교시를 내걸고 후진을 양성하고 있는 예술의 일번지
예일미용고등학교 교장으로 아름다움을 이끄는 선도자
로 마음에 사철 꽃을 피우는 시인이다.

아람 진 사회를 위하여 씨를 뿌린다. 이제 시인의 시심
을 좀 더 살펴보려 한다. 가고 오는? 오고 가는? 그걸 따
지지 않아도 바탕 씨앗은 검다. 신비롭다, 그렇게도 환한
나날, 밝은 세상이든 세월이든 좀 더 환해지려고 아우성
치는데 까망으로 망을 치고 그 안으로 들어간다. 주욱 줄
을 선다. 동글동글 길게 늘어지지만, 태생은 동글다. 풀
어내기다. 하루쯤이야 없어져도 밤은 돌아와 언제나 해
를 탄생시킨다. 별이 밤을 밝힌다고 하여도 그건 그림자
없는 허깨비, 낮은 해를 불러온다. 탄생이라고 해를 찾아
볕이니, 빛이니, 살이니 따져보지만, 그 뿌리는 밤, 어둠
이다. 까망이다. 깜장, 장막 속에서 이루는 묘한 신기의
현상을 펼치고 가슴을 홀리고는 그게 뭘까 밤새 무슨 일

이 일어났을까? 밤이면 그 무슨 무슨이 연이어 일어나서 삶을 뒤집기도 하고 출렁 바꾸기도 한다. 그건 힘이다. 그 힘은 깜장에서 장을 지진다. 틈새가 한 올 없는 깜장에서 내일의 싹을 틔우려 웅크린다.

까망 신비를 쓴다. 동그래 튀어나와 펼쳐진다. 내리는 비를 막아 피하라고, 쬐는 땡볕을 가려 펼치라고, 스르르 넘쳐오는 까망이 빛나면 유난하게 반짝거리는, 천상 까망에서 태어나 품은 빛이려니, 해를 돌려보낸다고 까망을 동글게 받고 뼈를 센다. 까망 그걸 밝히는 햇살 그 빛 뿌리는 까망에서 오늘을 연다. 번영을 향한 날갯짓을 지혜롭게 펼친다. 그 날갯짓 팔팔 그 수에서 힘이 솟는 팔팔, 그 용솟음치는 팔방을 살피고 팔팔 그 팔괘에서 본질을 찾는다고, 저 건너를 달려야 하는 발과 발을 재며 색경을 꺼낸다. 세상은 보이는 대로 존재하지 않는다. 저쪽에서 이쪽을 바라보면 여기와 저기의 관계를 헤아리는 길이 열린다. 발을 세우고 발을 날리며 발로 허공을 잡는다.

발이 빚는 바람

발 행 일 | 2024년 11월 25일
지 은 이 | 홍도화

발 행 처 | 동해출판사
주 소 | 충북 청주시 상당구 우암산로 28 (우60-112)
전 화 번 호 | 043.256.0323 팩   스 | 043.253.5979
전 자 우 편 | dhs0323@hanmail.net
등   록 | 제1997-1001-80호

ISBN 978-89-87562-26-1   정가 12,000원

※ 이 책은 충청북도, 충북문화재단의 후원으로 문화예술육성
  지원사업의 일환으로 지원받아 발간되었음.